Romances sans paroles

suivi de

Sagesse

Dans la même série

Le Bateau ivre, Librio n° 18
Les Fleurs du Mal, Librio n° 48
Poèmes saturniens, Librio n° 62
Fables choisies, Librio n° 131
Le Spleen de Paris, Librio n° 179
Les Paradis artificiels, Librio n° 212
La Poésie des romantiques, Librio n° 262
La Légende des siècles, Librio n° 341
La Poursuite du bonheur, Librio n° 354
Les Illuminations, Librio n° 385
Contes libertins, Librio n° 622
Les Plus Beaux Poèmes d'amour, Librio n° 695
Les Haïkus, Librio n° 817
Carpe diem, Librio n° 882
Au cœur du cœur, Librio n° 951
Les Couleurs vagues, Librio n° 953
Alcools, Librio n° 1094
Lettres à un jeune poète, Librio n° 1113

Paul Verlaine

Romances sans paroles

suivi de

Sagesse

Librio

Romances sans paroles

Ariettes oubliées

I

> Le vent dans la plaine
> Suspend son haleine.
>
> Favart

C'est l'extase langoureuse,
C'est la fatigue amoureuse,
C'est tous les frissons des bois
Parmi l'étreinte des brises,
C'est, vers les ramures grises,
Le chœur des petites voix.

Ô le frêle et frais murmure !
Cela gazouille et susurre,
Cela ressemble au cri doux
Que l'herbe agitée expire...
Tu dirais, sous l'eau qui vire,
Le roulis sourd des cailloux.
Cette âme qui se lamente
En cette plainte dormante,
C'est la nôtre, n'est-ce pas ?
La mienne, dis, et la tienne,
Dont s'exhale l'humble antienne
Par ce tiède soir, tout bas ?

II

Je devine, à travers un murmure,
Le contour subtil des voix anciennes
Et dans les lueurs musiciennes,
Amour pâle, une aurore future !

Et mon âme et mon cœur en délires
Ne sont plus qu'une espèce d'œil double
Où tremblote à travers un jour trouble
L'ariette, hélas ! de toutes lyres !

Ô mourir de cette mort seulette
Que s'en vont, – cher amour qui t'épeures, –
Balançant jeunes et vieilles heures !
Ô mourir de cette escarpolette !

III

Il pleut doucement sur la ville.
Arthur RIMBAUD

Il pleure dans mon cœur
Comme il pleut sur la ville ;
Quelle est cette langueur
Qui pénètre mon cœur ?

Ô bruit doux de la pluie
Par terre et sur les toits !
Pour un cœur qui s'ennuie
Ô le chant de la pluie !

Il pleure sans raison
Dans ce cœur qui s'écœure.
Quoi ! nulle trahison ?...
Ce deuil est sans raison.

C'est bien la pire peine
De ne savoir pourquoi
Sans amour et sans haine
Mon cœur a tant de peine !

IV

De la douceur, de la douceur,
de la douceur.

INCONNU

Il faut, voyez-vous, nous pardonner les choses :
De cette façon nous serons bien heureuses
Et si notre vie a des instants moroses,
Du moins nous serons, n'est-ce pas, deux pleureuses.

Ô que nous mêlions, âmes sœurs que nous sommes,
À nos vœux confus la douceur puérile
De cheminer loin des femmes et des hommes,
Dans le frais oubli de ce qui nous exile !

Soyons deux enfants, soyons deux jeunes filles
Éprises de rien et de tout étonnées
Qui s'en vont pâlir sous les chastes charmilles
Sans même savoir qu'elles sont pardonnées.

V

Son joyeux, importun d'un clavecin sonore.

Pétrus BOREL

Le piano que baise une main frêle
Luit dans le soir rose et gris vaguement,
Tandis qu'un très léger bruit d'aile
Un air bien vieux, bien faible et bien charmant
Rôde discret, épeuré quasiment,
Par le boudoir longtemps parfumé d'Elle.

Qu'est-ce que c'est que ce berceau soudain
Qui lentement dorlote mon pauvre être ?
Que voudrais-tu de moi, doux Chant badin ?
Qu'as-tu voulu, fin refrain incertain
Qui vas tantôt mourir vers la fenêtre
Ouverte un peu sur le petit jardin ?

VI

C'est le chien de Jean de Nivelle
Qui mord sous l'œil même du Guet
Le chat de la mère Michel.
François-les-bas-bleus s'en égaie.

La Lune à l'écrivain public
Dispense sa lumière obscure
Où Médor avec Angélique
Verdissent sur le pauvre mur.

Et voici venir La Ramée
Sacrant, en bon soldat du Roy.
Sous son habit blanc mal famé
Son cœur ne se tient pas de joie.

Car la boulangère… – Elle ? – Oui dam !
Bernant Lustucru, son vieil homme,
A tantôt couronné sa flamme…
Enfants, *Dominus vobiscum !*

Place ! En sa longue robe bleue
Toute en satin qui fait frou-frou,
C'est une impure, palsambleu !
Dans sa chaise qu'il faut qu'on loue,

Fût-on philosophe ou grigou,
Car tant d'or s'y relève en bosse
Que ce luxe insolent bafoue
Tout le papier de Monsieur Los !

Arrière, robin crotté ! place,
Petit courtaud, petit abbé,
Petit poète jamais las
De la rime non attrapée !…

Voici que la nuit vraie arrive…
Cependant jamais fatigué
D'être inattentif et naïf,
François-les-bas-bleus s'en égaie.

VII

Ô triste, triste était mon âme
À cause, à cause d'une femme.

Je ne me suis pas consolé
Bien que mon cœur s'en soit allé,

Bien que mon cœur, bien que mon âme
Eussent fui loin de cette femme.

Je ne me suis pas consolé,
Bien que mon cœur s'en soit allé.

Et mon cœur, mon cœur trop sensible
Dit à mon âme : Est-il possible,

Est-il possible, – le fût-il, –
Ce fier exil, ce triste exil ?

Mon âme dit à mon cœur : Sais-je
Moi-même que nous veut ce piège

D'être présents bien qu'exilés,
Encore que loin en allés ?

VIII

Dans l'interminable
Ennui de la plaine
La neige incertaine
Luit comme du sable.

Le ciel est de cuivre
Sans lueur aucune.
On croirait voir vivre
Et mourir la lune.

Comme des nuées
Flottent gris les chênes
Des forêts prochaines
Parmi les buées.

Le ciel est de cuivre
Sans lueur aucune.
On croirait voir vivre
Et mourir la lune.

Corneille poussive
Et vous, les loups maigres,
Par ces bises aigres
Quoi donc vous arrive ?

Dans l'interminable
Ennui de la plaine
La neige incertaine
Luit comme du sable.

IX

> Le rossignol qui du haut d'une branche se regarde dedans, croit être tombé dans la rivière. Il est au sommet d'un chêne et toutefois il a peur de se noyer.
>
> Cyrano DE BERGERAC

L'ombre des arbres dans la rivière embrumée
Meurt comme de la fumée
Tandis qu'en l'air, parmi les ramures réelles
Se plaignent les tourterelles.

Combien, ô voyageur, ce paysage blême
Te mira blême toi-même
Et que tristes pleuraient dans les hautes feuillées
Tes espérances noyées !

Mai, juin 72.

Paysages belges

« Conquestes du Roy. »
VIEILLES ESTAMPES

WALCOURT

Briques et tuiles,
Ô les charmants
Petits asiles
Pour les amants !

Houblons et vignes,
Feuilles et fleurs,
Tentes insignes
Des francs buveurs !

Guinguettes claires,
Bières, clameurs,
Servantes chères
À tous fumeurs !

Gares prochaines,
Gais chemins grands…
Quelles aubaines,
Bons juifs errants !

Juillet 72.

CHARLEROI

Dans l'herbe noire
Les Kobolds vont.
Le vent profond
Pleure, on veut croire.

Quoi donc se sent ?
L'avoine siffle.
Un buisson gifle
L'œil au passant.

Plutôt des bouges
Que des maisons.
Quels horizons
De forges rouges !

On sent donc quoi ?
Des gares tonnent,
Les yeux s'étonnent,
Où Charleroi ?

Parfums sinistres !
Qu'est-ce que c'est ?
Quoi bruissait
Comme des sistres ?

Sites brutaux !
Oh ! votre haleine,
Sueur humaine,
Cris des métaux !

Dans l'herbe noire
Les Kobolds vont.
Le vent profond
Pleure, on veut croire.

BRUXELLES

SIMPLES FRESQUES

1

La fuite est verdâtre et rose
Des collines et des rampes
Dans un demi-jour de lampes
Que vient brouiller toute chose.

L'or, sur les humbles abîmes,
Tout doucement s'ensanglante.
Des petits arbres sans cimes
Où quelque oiseau faible chante.

Triste à peine tant s'effacent
Ces apparences d'automne,
Toutes mes langueurs rêvassent,
Que berce l'air monotone.

2

L'allée est sans fin
Sous le ciel, divin
D'être pâle ainsi :
Sais-tu qu'on serait
Bien sous le secret
De ces arbres-ci ?

Des messieurs bien mis,
Sans nul doute amis
Des Royers-Collards,
Vont vers le château :
J'estimerais beau
D'être ces vieillards.

Le château, tout blanc
Avec, à son flanc,
Le soleil couché,
Les champs à l'entour :
Oh ! que notre amour
N'est-il là niché !

Estaminet du Jeune Renard, août 72.

CHEVAUX DE BOIS

Par saint Gille,
Viens-nous-en,
Mon agile
Alezan !
V. Hugo

Tournez, tournez, bons chevaux de bois,
Tournez cent tours, tournez mille tours,
Tournez souvent et tournez toujours,
Tournez, tournez au son des hautbois.

Le gros soldat, la plus grosse bonne
Sont sur vos dos comme dans leur chambre,
Car en ce jour au bois de la Cambre
Les maîtres sont tous deux en personne.

Tournez, tournez, chevaux de leur cœur,
Tandis qu'autour de tous vos tournois
Clignote l'œil du filou sournois,
Tournez au son du piston vainqueur.

C'est ravissant comme ça vous soûle
D'aller ainsi dans ce cirque bête :
Bien dans le ventre et mal dans la tête,
Du mal en masse et du bien en foule.

Tournez, tournez sans qu'il soit besoin
D'user jamais de nuls éperons
Pour commander à vos galops ronds,
Tournez, tournez, sans espoir de foin

Et dépêchez, chevaux de leur âme :
Déjà voici que la nuit qui tombe
Va réunir pigeon et colombe
Loin de la foire et loin de madame.

Tournez, tournez ! le ciel en velours
D'astres en or se vêt lentement.
Voici partir l'amante et l'amant.
Tournez au son joyeux des tambours !

Champ de foire de Saint-Gilles, août 72.

MALINES

Vers les prés le vent cherche noise
Aux girouettes, détail fin
Du château de quelque échevin,
Rouge de brique et bleu d'ardoise,
Vers les prés clairs, les prés sans fin...

Comme les arbres des féeries,
Des frênes, vagues frondaisons,
Échelonnent mille horizons
À ce Sahara de prairies,
Trèfle, luzerne et blancs gazons.

Les wagons filent en silence
Parmi ces sites apaisés.
Dormez, les vaches ! Reposez,
Doux taureaux de la plaine immense,
Sous vos cieux à peine irisés !

Le train glisse sans un murmure,
Chaque wagon est un salon
Où l'on cause bas et d'où l'on
Aime à loisir cette nature.
Faite à souhait pour Fénelon.

Août 72.

BIRDS IN THE NIGHT

Vous n'avez pas eu toute patience :
Cela se comprend par malheur, de reste
Vous êtes si jeune ! Et l'insouciance,
C'est le lot amer de l'âge céleste !

Vous n'avez pas eu toute la douceur.
Cela par malheur d'ailleurs se comprend ;
Vous êtes si jeune, ô ma froide sœur,
Que votre cœur doit être indifférent !

Aussi, me voici plein de pardons chastes,
Non, certes ! joyeux, mais très calme en somme
Bien que je déplore en ces mois néfastes
D'être, grâce à vous, le moins heureux homme.

Et vous voyez bien que j'avais raison
Quand je vous disais, dans mes moments noirs,
Que vos yeux, foyers de mes vieux espoirs,
Ne couvaient plus rien que la trahison.

Vous juriez alors que c'était mensonge
Et votre regard qui mentait lui-même
Flambait comme un feu mourant qu'on prolonge,
Et de votre voix vous disiez : « Je t'aime ! »

Hélas ! on se prend toujours au désir
Qu'on a d'être heureux malgré la saison...
Mais ce fut un jour plein d'amer plaisir
Quand je m'aperçus que j'avais raison !

Aussi bien pourquoi me mettrais-je à geindre ?
Vous ne m'aimiez pas, l'affaire est conclue,

Et, ne voulant pas qu'on ose me plaindre,
Je souffrirai d'une âme résolue.

Oui ! je souffrirai, car je vous aimais !
Mais je souffrirai comme un bon soldat
Blessé qui s'en va dormir à jamais
Plein d'amour pour quelque pays ingrat.

Vous qui fûtes ma Belle, ma Chérie.
Encor que de vous vienne ma souffrance,
N'êtes-vous donc pas toujours ma Patrie,
Aussi jeune, aussi folle que la France ?

Or, je ne veux pas – le puis-je d'abord ? –
Plonger dans ceci mes regards mouillés.
Pourtant mon amour que vous croyez mort
A peut-être enfin les yeux dessillés.

Mon amour qui n'est plus que souvenance,
Quoique sous vos coups il saigne et qu'il pleure
Encore et qu'il doive, à ce que je pense,
Souffrir longtemps jusqu'à ce qu'il en meure,

Peut-être a raison de croire entrevoir
En vous un remords (qui n'est pas banal)
Et d'entendre dire, en son désespoir,
À votre mémoire : « Ah ! fi ! que c'est mal ! »

Je vous vois encor. J'entrouvris la porte.
Vous étiez au lit comme fatiguée.
Mais, ô corps léger que l'amour emporte,
Vous bondîtes nue, éplorée et gaie.

Ô quels baisers, quels enlacements fous !
J'en riais moi-même à travers mes pleurs.
Certes, ces instants seront, entre tous,
Mes plus tristes, mais aussi mes meilleurs.

Je ne veux revoir de votre sourire
Et de vos bons yeux en cette occurrence
Et de vous enfin, qu'il faudrait maudire,
Et du piège exquis, rien que l'apparence.

Je vous vois encore ! En robe d'été
Blanche et jaune avec des fleurs de rideaux.
Mais vous n'aviez plus l'humide gaîté
Du plus délirant de tous nos tantôts.

La petite épouse et la fille aînée
Était apparue avec la toilette
Et c'était déjà notre destinée
Qui me regardait sous votre voilette.

Soyez pardonnée ! Et c'est pour cela
Que je garde, hélas ! avec quelque orgueil
En mon souvenir, qui vous cajola,
L'éclair de côté que coulait votre œil.

Par instants je suis le Pauvre Navire
Qui court démâté parmi la tempête
Et, ne voyant pas Notre-Dame luire,
Pour l'engouffrement en priant s'apprête.

Par instants je meurs la mort du Pécheur
Qui se sait damné s'il n'est confessé
Et, perdant l'espoir de nul confesseur,
Se tord dans l'Enfer, qu'il a devancé.

Ô mais ! par instants, j'ai l'extase rouge
Du premier chrétien sous la dent rapace,
Qui rit à Jésus témoin, sans que bouge
Un poil de sa chair, un nerf de sa face !

Bruxelles. Londres, septembre-octobre 72.

Aquarelles

GREEN

Voici des fruits, des fleurs, des feuilles et des branches
Et puis voici mon cœur qui ne bat que pour vous.
Ne le déchirez pas avec vos deux mains blanches
Et qu'à vos yeux si beaux l'humble présent soit doux.

J'arrive tout couvert encore de rosée
Que le vent du matin vient glacer à mon front.
Souffrez que ma fatigue à vos pieds reposée
Rêve des chers instants qui la délasseront.

Sur votre jeune sein laissez rouler ma tête
Toute sonore encor de vos derniers baisers;
Laissez-la s'apaiser de la bonne tempête,
Et que je dorme un peu puisque vous reposez.

SPLEEN

Les roses étaient toutes rouges
Et les lierres étaient tout noirs.

Chère, pour peu que tu ne bouges,
Renaissent tous mes désespoirs.

Le ciel était trop bleu, trop tendre,
La mer trop verte et l'air trop doux.

Je crains toujours, – ce qu'est d'attendre ! –
Quelque fuite atroce de vous.

Du houx à la feuille vernie
Et du luisant buis je suis las,

Et de la campagne infinie
Et de tout, fors de vous, hélas !

STREETS

1

Dansons la gigue !

J'aimais surtout ses jolis yeux,
Plus clairs que l'étoile des cieux,
J'aimais ses yeux malicieux.

Dansons la gigue !

Elle avait des façons vraiment
De désoler un pauvre amant,
Que c'en était vraiment charmant !

Dansons la gigue !

Mais je trouve encore meilleur
Le baiser de sa bouche en fleur
Depuis qu'elle est morte à mon cœur.

Dansons la gigue !

Je me souviens, je me souviens
Des heures et des entretiens,
Et c'est le meilleur de mes biens.

Dansons la gigue !

Soho.

2

Ô la rivière dans la rue !
Fantastiquement apparue
Derrière un mur haut de cinq pieds,
Elle roule sans un murmure
Son onde opaque et pourtant pure
Par les faubourgs pacifiés.

La chaussée est très large, en sorte
Que l'eau jaune comme une morte
Dévale ample et sans nuls espoirs
De rien refléter que la brume,
Même alors que l'aurore allume
Les Cottages jaunes et noirs.

Paddington.

CHILD WIFE

Vous n'avez rien compris à ma simplicité,
Rien, ô ma pauvre enfant !
Et c'est avec un front éventé, dépité
Que vous fuyez devant.

Vos yeux qui ne devaient refléter que douceur,
Pauvre cher bleu miroir,
Ont pris un ton de fiel, ô lamentable sœur,
Qui nous fait mal à voir.

Et vous gesticulez avec vos petits bras
Comme un héros méchant,
En poussant d'aigres cris poitrinaires, hélas !
Vous qui n'étiez que chant !

Car vous avez eu peur de l'orage et du cœur
Qui grondait et sifflait,
Et vous bêlâtes vers votre mère – ô douleur ! –
Comme un triste agnelet.

Et vous n'aurez pas su la lumière et l'honneur
D'un amour brave et fort,
Joyeux dans le malheur, grave dans le bonheur,
Jeune jusqu'à la mort !

Londres, 2 avril 1873.

A POOR YOUNG SHEPHERD

J'ai peur d'un baiser
Comme d'une abeille.
Je souffre et je veille
Sans me reposer :
J'ai peur d'un baiser !

Pourtant j'aime Kate
Et ses yeux jolis.
Elle est délicate,
Aux longs traits pâlis.
Oh ! que j'aime Kate !

C'est Saint-Valentin !
Je dois et je n'ose
Lui dire au matin...
La terrible chose
Que Saint-Valentin !

Elle m'est promise,
Fort heureusement !
Mais quelle entreprise
Que d'être un amant
Près d'une promise !

J'ai peur d'un baiser
Comme d'une abeille.
Je souffre et je veille
Sans me reposer :
J'ai peur d'un baiser !

BEAMS

Elle voulut aller sur les bords de la mer,
Et comme un vent bénin soufflait une embellie,
Nous nous prêtâmes tous à sa belle folie,
Et nous voilà marchant par le chemin amer.

Le soleil luisait haut dans le ciel calme et lisse,
Et dans ses cheveux blonds c'étaient des rayons d'or,
Si bien que nous suivions son pas plus calme encor
Que le déroulement des vagues, ô délice !

Des oiseaux blancs volaient alentour mollement
Et des voiles au loin s'inclinaient toutes blanches.
Parfois de grands varechs filaient en longues branches,
Nos pieds glissaient d'un pur et large mouvement.

Elle se retourna, doucement inquiète
De ne nous croire pas pleinement rassurés,
Mais nous voyant joyeux d'être ses préférés,
Elle reprit sa route et portait haut la tête.

Douvres-Ostende, à bord de la « Comtesse-de-Flandre »,
4 avril 1873.

Sagesse

À MA MÈRE
P. V.
(Mai 1889)

Préface de la première édition

L'auteur de ce livre n'a pas toujours pensé comme aujourd'hui. Il a longtemps erré dans la corruption contemporaine, y prenant sa part de faute et d'ignorance. Des chagrins très mérités l'ont depuis averti, et Dieu lui a fait la grâce de comprendre l'avertissement. Il s'est prosterné devant l'Autel longtemps méconnu, il adore la Toute-Bonté et invoque la Toute-Puissance, fils soumis de l'Église, le dernier en mérites, mais plein de bonne volonté.

Le sentiment de sa faiblesse et le souvenir de ses chutes l'ont guidé dans l'élaboration de cet ouvrage qui est son premier acte de foi public depuis un long silence littéraire : on n'y trouvera rien, il l'espère, de contraire à cette charité que l'auteur, désormais chrétien, doit aux pécheurs dont il a jadis et presque naguère pratiqué les haïssables mœurs.

Deux ou trois pièces toutefois rompent le silence qu'il s'est en conscience imposé à cet égard, mais on observera qu'elles portent sur des actes publics, sur des événements dès lors trop généralement providentiels pour qu'on ne puisse voir dans leur énergie qu'un témoignage nécessaire, qu'une *confession* sollicitée par l'idée du devoir religieux et d'une espérance française.

L'auteur a publié très jeune, c'est-à-dire il y a une dizaine et une douzaine d'années, des vers sceptiques et tristement légers. Il ose compter qu'en ceux-ci nulle dissonance n'ira choquer la délicatesse d'une oreille catholique : ce serait sa plus chère gloire comme c'est son espoir le plus fier.

Paris, 30 juillet 1880.

I

I

Bon chevalier masqué qui chevauche en silence,
Le Malheur a percé mon vieux cœur de sa lance.

Le sang de mon vieux cœur n'a fait qu'un jet vermeil,
Puis s'est évaporé sur les fleurs, au soleil.

L'ombre éteignit mes yeux, un cri vint à ma bouche
Et mon vieux cœur est mort dans un frisson farouche.

Alors le chevalier Malheur s'est rapproché,
Il a mis pied à terre et sa main m'a touché.

Son doigt ganté de fer entra dans ma blessure
Tandis qu'il attestait sa loi d'une voix dure.

Et voici qu'au contact glacé du doigt de fer
Un cœur me renaissait, tout un cœur pur et fier,

Et voici que, fervent d'une candeur divine,
Tout un cœur jeune et bon battit dans ma poitrine !

Or je restais tremblant, ivre, incrédule un peu,
Comme un homme qui voit des visions de Dieu.

Mais le bon chevalier, remonté sur sa bête,
En s'éloignant me fit un signe de la tête

Et me cria (j'entends *encore* cette voix) :
« Au moins prudence ! Car c'est bon pour une fois. »

II

J'avais peiné comme Sisyphe
Et comme Hercule travaillé
Contre la chair qui se rebiffe.

J'avais lutté, j'avais baillé
Des coups à trancher des montagnes,
Et comme Achille ferraillé.

Farouche ami qui m'accompagnes,
Tu le sais, courage païen,
Si nous en fîmes des campagnes,

Si nous avons négligé rien
Dans cette guerre exténuante,
Si nous avons travaillé bien !

Le tout en vain : l'âpre géante
À mon effort de tout côté
Opposait sa ruse ambiante,

Et toujours un lâche abrité
Dans mes conseils qu'il environne
Livrait les clefs de la cité.

Que ma chance fût male ou bonne,
Toujours un parti de mon cœur
Ouvrait sa porte à la Gorgone.

Toujours l'ennemi suborneur
Savait envelopper d'un piège
Même la victoire et l'honneur !

J'étais le vaincu qu'on assiège,
Prêt à vendre son sang bien cher,
Quand, blanche en vêtement de neige,

Toute belle, au front humble et fier,
Une Dame vint sur la nue,
Qui d'un signe fit fuir la chair.

Dans une tempête inconnue
De rage et de cris inhumains,
Et déchirant sa gorge nue,

Le Monstre reprit ses chemins
Par les bois pleins d'amours affreuses,
Et la Dame, joignant les mains :

« Mon pauvre combattant qui creuses,
Dit-elle, ce dilemme en vain,
Trêve aux victoires malheureuses !

« Il t'arrive un secours divin
Dont je suis sûre messagère
Pour ton salut, possible enfin ! »

— « Ô ma Dame dont la voix chère
Encourage un blessé jaloux
De voir finir l'atroce guerre,

« Vous qui parlez d'un ton si doux
En m'annonçant de bonnes choses,
Ma Dame, qui donc êtes-vous ? »

— « J'étais née avant toutes causes
Et je verrai la fin de tous
Les effets, étoiles et roses.

« En même temps, bonne, sur vous,
Hommes faibles et pauvres femmes,
Je pleure, et je vous trouve fous !

« Je pleure sur vos tristes âmes,
J'ai l'amour d'elles, j'ai la peur
D'elles, et de leurs vœux infâmes !

« Ô ceci n'est pas le bonheur.
Veillez, quelqu'un l'a dit que j'aime,
Veillez, crainte du suborneur,

« Veillez, crainte du jour suprême !
Qui je suis ? me demandais-tu.
Mon nom courbe les anges même,

« Je suis le cœur de la vertu,
Je suis l'âme de la sagesse,
Mon nom brûle l'Enfer têtu,

« Je suis la douceur qui redresse,
J'aime tous et n'accuse aucun,
Mon nom, seul, se nomme promesse.

« Je suis l'unique hôte opportun,
Je parle au roi le vrai langage
Du matin rose et du soir brun.

« Je suis la PRIÈRE, et mon gage
C'est ton vice en déroute au loin.
Ma condition : « Toi, sois sage. »

— « Oui, ma Dame, et soyez témoin ! »

III

Qu'en dis-tu, voyageur, des pays et des gares ?
Du moins as-tu cueilli l'ennui, puisqu'il est mûr,
Toi que voilà fumant de maussades cigares,
Noir, projetant une ombre absurde sur le mur ?

Tes yeux sont aussi morts depuis les aventures,
Ta grimace est la même et ton guide est pareil :
Telle la lune vue à travers des mâtures,
Telle la vieille mer sous le jeune soleil,

Tel l'ancien cimetière aux tombes toujours neuves !
Mais voyons, et dis-nous les récits devinés,
Ces désillusions pleurant le long des fleuves,
Ces dégoûts comme autant de fades nouveau-nés,

Ces femmes ! Dis les gaz, et l'horreur identique
Du mal toujours, du laid partout sur tes chemins,
Et dis l'Amour et dis encor la Politique
Avec du sang déshonoré d'encre à leurs mains.

Et puis surtout ne va pas t'oublier toi-même,
Traînassant ta faiblesse et ta simplicité
Partout où l'on bataille et partout où l'on aime,
D'une façon si triste et folle, en vérité !

A-t-on assez puni cette lourde innocence ?
Qu'en dis-tu ? L'homme est dur, mais la femme ? Et tes pleurs,
Qui les a bus ? Et quelle âme qui les recense
Console ce qu'on peut appeler tes malheurs ?

Ah les autres, ah toi ! Crédule à qui te flatte,
Toi qui rêvais (c'était trop excessif, aussi)
Je ne sais quelle mort légère et délicate !
Ah toi, espèce d'ange avec ce vœu transi !

Mais maintenant les plans, les buts ? Es-tu de force,
Ou si d'avoir pleuré t'a détrempé le cœur ?
L'arbre est tendre s'il faut juger d'après l'écorce,
Et tes aspects ne sont pas ceux d'un grand vainqueur.

Si gauche encore ! avec l'aggravation d'être
Une sorte à présent d'idyllique engourdi
Qui surveille le ciel bête par la fenêtre
Ouverte aux yeux matois du démon de midi.

Si le même dans cette extrême décadence !
Enfin ! – Mais à ta place un être avec du sens,
Payant les violons voudrait mener la danse,
Au risque d'alarmer quelque peu les passants.

N'as-tu pas, en fouillant les recoins de ton âme,
Un beau vice à tirer comme un sabre au soleil,
Quelque vice joyeux, effronté, qui s'enflamme
Et vibre, et darde rouge au front du ciel vermeil ?

Un ou plusieurs ? Si oui, tant mieux ! Et pars bien vite
En guerre, et bats d'estoc et de taille, sans choix
Surtout, et mets ce masque indolent où s'abrite
La haine inassouvie et repue à la fois...

Il faut n'être pas dupe en ce farceur de monde
Où le bonheur n'a rien d'exquis et d'alléchant
S'il n'y frétille un peu de pervers et d'immonde,
Et pour n'être pas dupe il faut être méchant.

— Sagesse humaine, ah, j'ai les yeux sur d'autres choses,
Et parmi ce passé dont ta voix décrivait
L'ennui, pour des conseils encore plus moroses,
Je ne me souviens plus que du mal que j'ai fait.

Dans tous les mouvements bizarres de ma vie,
De mes « malheurs », selon le moment et le lieu,
Des autres et de moi, de la route suivie,
Je n'ai rien retenu que la grâce de Dieu.

Si je me sens puni, c'est que je le dois être,
Ni l'homme ni la femme ici ne sont pour rien.
Mais j'ai le ferme espoir d'un jour pouvoir connaître
Le pardon et la paix promis à tout Chrétien.

Bien de n'être pas dupe en ce monde d'une heure,
Mais pour ne l'être pas durant l'éternité,
Ce qu'il faut à tout prix qui règne et qui demeure,
Ce n'est pas la méchanceté, c'est la bonté.

IV

Malheureux ! Tous les dons, la gloire du baptême,
Ton enfance chrétienne, une mère qui t'aime,
La force et la santé comme le pain et l'eau,
Cet avenir enfin, décrit dans le tableau
De ce passé plus clair que le jeu des marées,
Tu pilles tout, tu perds en viles simagrées
Jusqu'aux derniers pouvoirs de ton esprit, hélas !
La malédiction de n'être jamais las
Suit tes pas sur le monde où l'horizon t'attire,
L'enfant prodigue avec des gestes de satyre !
Nul avertissement, douloureux ou moqueur,
Ne prévaut sur l'élan funeste de ton cœur.
Tu flânes à travers péril et ridicule,
Avec l'irresponsable audace d'un Hercule
Dont les travaux seraient fous, nécessairement.
L'amitié – dame ! – a tu son reproche clément,
Et chaste, et sans aucun espoir que le suprême,
Vient prier, comme au lit d'un mourant qui blasphème.
La patrie oubliée est dure au fils affreux,
Et le monde alentour dresse ses buissons creux
Où ton désir mauvais s'épuise en flèches mortes.
Maintenant il te faut passer devant les portes,
Hâtant le pas de peur qu'on ne lâche le chien
Et si tu n'entends pas rire, c'est encor bien.
Malheureux, toi Français, toi Chrétien, quel dommage !
Mais tu vas, la pensée obscure de l'image
D'un bonheur qu'il te faut immédiat, étant
Athée (avec la foule !) et jaloux de l'instant,
Tout appétit parmi ces appétits féroces,
Épris de la fadaise actuelle, mots, noces
Et festins, la « Science », et « l'esprit de Paris »,
Tu vas magnifiant ce par quoi tu péris,
Imbécile ! et niant le soleil qui t'aveugle !

Tout ce que les temps ont de bête paît et beugle
Dans ta cervelle, ainsi qu'un troupeau dans un pré,
Et les vices de tout le monde ont émigré
Pour ton sang dont le fer lâchement s'étiole.
Tu n'es plus bon à rien de propre, ta parole
Est morte de l'argot et du ricanement,
Et d'avoir rabâché les bourdes du moment.
Ta mémoire, de tant d'obscénités bondée,
Ne saurait accueillir la plus petite idée,
Et patauge parmi l'égoïsme ambiant,
En quête d'on ne peut dire quel vil néant !
Seul, entre les débris honnis de ton désastre,
L'Orgueil, qui met la flamme au front du poétastre
Et fait au criminel un prestige odieux,
Seul, l'Orgueil est vivant, il danse dans tes yeux,
Il regarde la Faute et rit de s'y complaire.

— Dieu des humbles, sauvez cet enfant de colère !

V

Beauté des femmes, leur faiblesse, et ces mains pâles
Qui font souvent le bien et peuvent tout le mal.
Et ces yeux, où plus rien ne reste d'animal
Que juste assez pour dire : « assez » aux fureurs mâles !

Et toujours, maternelle, endormeuse des râles,
Même quand elle ment, cette voix ! Matinal
Appel, ou chant bien doux à vêpre, ou frais signal,
Ou beau sanglot qui va mourir au pli des châles !...

Hommes durs ! Vie atroce et laide d'ici-bas !
Ah ! que du moins, loin des baisers et des combats,
Quelque chose demeure un peu sur la montagne,

Quelque chose du cœur enfantin et subtil,
Bonté, respect ! Car qu'est-ce qui nous accompagne,
Et vraiment, quand la mort viendra, que reste-t-il ?

VI

Ô vous, comme un qui boite au loin, Chagrins et Joies,
Toi, cœur saignant d'hier qui flambes aujourd'hui,
C'est vrai pourtant que c'est fini, que tout a fui
De nos sens, aussi bien les ombres que les proies.

Vieux bonheurs, vieux malheurs, comme une file d'oies
Sur la route en poussière où tous les pieds ont lui,
Bon voyage ! Et le Rire, et, plus vieille que lui,
Toi, Tristesse, noyée au vieux noir que tu broies !

Et le reste ! – Un doux vide, un grand renoncement,
Quelqu'un en nous qui sent la paix immensément,
Une candeur d'une fraîcheur délicieuse…

Et voyez ! notre cœur qui saignait sous l'orgueil,
Il flambe dans l'amour, et s'en va faire accueil
À la vie, en faveur d'une mort précieuse !

VII

Les faux beaux jours ont lui tout le jour, ma pauvre âme,
Et les voici vibrer aux cuivres du couchant.
Ferme les yeux, pauvre âme, et rentre sur-le-champ :
Une tentation des pires. Fuis l'infâme.

Ils ont lui tout le jour en longs grêlons de flamme,
Battant toute vendange aux collines, couchant
Toute moisson de la vallée, et ravageant
Le ciel tout bleu, le ciel chanteur qui te réclame.

Ô pâlis, et va-t'en, lente et joignant les mains.
Si ces hiers allaient manger nos beaux demains ?
Si la vieille folie était encore en route ?

Ces souvenirs, va-t-il falloir les retuer ?
Un assaut furieux, le suprême sans doute !
Ô va prier contre l'orage, va prier.

VIII

La vie humble aux travaux ennuyeux et faciles
Est une œuvre de choix qui veut beaucoup d'amour.
Rester gai quand le jour, triste, succède au jour,
Être fort, et s'user en circonstances viles,

N'entendre, n'écouter aux bruits des grandes villes
Que l'appel, ô mon Dieu, des cloches dans la tour,
Et faire un de ces bruits soi-même, cela pour
L'accomplissement vil de tâches puériles,

Dormir chez les pécheurs étant un pénitent,
N'aimer que le silence et converser pourtant,
Le temps si grand dans la patience si grande,

Le scrupule naïf aux repentirs têtus,
Et tous ces soins autour de ces pauvres vertus !
— Fi, dit l'Ange Gardien, de l'orgueil qui marchande !

IX

Sagesse d'un Louis Racine, je t'envie !
Ô n'avoir pas suivi les leçons de Rollin,
N'être pas né dans le grand siècle à son déclin,
Quand le soleil couchant, si beau, dorait la vie,

Quand Maintenon jetait sur la France ravie
L'ombre douce et la paix de ses coiffes de lin,
Et royale abritait la veuve et l'orphelin,
Quand l'étude de la prière était suivie,

Quand poète et docteur, simplement, bonnement,
Communiaient avec des ferveurs de novices,
Humbles servaient la Messe et chantaient aux offices

Et, le printemps venu, prenaient un soin charmant
D'aller dans les Auteuils cueillir lilas et roses
En louant Dieu, comme Garo, de toutes choses !

X

Non. Il fut gallican, ce siècle, et janséniste !
C'est vers le Moyen Age énorme et délicat
Qu'il faudrait que mon cœur en panne naviguât,
Loin de nos jours d'esprit charnel et de chair triste.

Roi, politicien, moine, artisan, chimiste,
Architecte, soldat, médecin, avocat,
Quel temps ! Oui, que mon cœur naufragé rembarquât
Pour toute cette force ardente, souple, artiste !

Et là que j'eusse part – quelconque, chez les rois
Ou bien ailleurs, n'importe, – à la chose vitale,
Et que je fusse un saint, actes bons, pensers droits,

Haute théologie et solide morale,
Guidé par la folie unique de la Croix
Sur tes ailes de pierre, ô folle Cathédrale !

XI

Petits amis qui sûtes nous prouver
Par A plus B que deux et deux font quatre,
Mais qui depuis voulez parachever
Une victoire où l'on se laissait battre,

Et couronner vos conquêtes d'un coup
Par ce soufflet à la mémoire humaine :
« Dieu ne vous a révélé rien du tout,
Car nous disons qu'il n'est que l'ombre vaine,

Que le profil et que l'allongement,
Sur tous les murs que la peur édifie,
De votre pur et simple mouvement,
Et nous dictons cette philosophie. »

— Frères trop chers, laissez-nous rire un peu,
Nous les fervents d'une logique rance,
Qui justement n'avons de foi qu'en Dieu
Et mettons notre espoir dans l'Espérance,

Laissez-nous rire un peu, pleurer aussi,
Pleurer sur vous, rire du vieux blasphème,
Rire du vieux Satan stupide ainsi,
Pleurer sur cet Adam dupe quand même !

Frères de nous qui payons vos orgueils,
Tous fils du même Amour, ah ! la science,
Allons donc, allez donc, c'est nos cercueils
Naïfs ou non, c'est notre méfiance

Ou notre confiance aux seuls Récits,
C'est notre oreille ouverte toute grande
Ou tristement fermée au Mot précis !
Frères, lâchez la science gourmande

Qui veut voler sur les ceps défendus
Le fruit sanglant qu'il ne faut pas connaître.
Lâchez son bras qui vous tient attendus
Pour des enfers que Dieu n'a pas fait naître,

Mais qui sont l'œuvre affreuse du péché,
Car nous, les fils attentifs de l'Histoire,
Nous tenons pour l'honneur jamais taché
De la Tradition, supplice et gloire !

Nous sommes sûrs des Aïeux nous disant
Qu'ils ont vu Dieu sous telle ou telle forme,
Et prédisant aux crimes d'*à présent*
La peine immense ou le pardon énorme.

Puisqu'ils avaient vu Dieu présent toujours,
Puisqu'ils ne mentaient pas, puisque nos crimes
Vont effrayants, puisque vos yeux sont courts,
Et puisqu'il est des repentirs sublimes,

Ils ont dit tout. Savoir le reste est bien,
Que deux et deux fassent quatre, à merveille !
Riens innocents, mais des riens moins que rien,
La dernière heure étant là qui surveille

Tout autre soin dans l'homme en vérité !
Gardez que trop chercher ne vous séduise
Loin d'une sage et forte humilité...
Le seul savant, c'est encore Moïse.

XII

Or, vous voici promus, petits amis,
Depuis les temps de ma lettre première,
Promus, disais-je, aux fiers emplois promis
À votre thèse, en ces jours de lumière.

Vous voici rois de France ! À votre tour !
(Rois à plusieurs d'une France postiche,
Mais rois de fait et non sans quelque amour
D'un trône lourd avec un budget riche.)

À l'œuvre, amis petits ! Nous avons droit
De vous y voir, payant de notre poche,
Et d'être un peu réjouis à l'endroit
De votre état sans peur et sans reproche.

Sans peur ? Du maître. Ô le maître, mais c'est
L'Ignorant-chiffre et le Suffrage-nombre,
Total, le peuple, un « âne » fort « qui s'est
Cabré » pour vous espoir clair, puis fait sombre,

Cabré comme une chèvre, c'est le mot.
Et votre bras, saignant jusqu'à l'aisselle,
S'efforce en vain : fort comme Béhémot
Le monstre tire… et votre peur est telle

Quand l'âne brait, que le voilà parti
Qui par les dents vous boute cent ruades
En forme de reproche bien senti…
Courez après, frottant vos reins malades !

Ô peuple, nous t'aimons immensément :
N'es-tu donc pas la pauvre âme ignorante
En proie à tout ce qui sait et qui ment ?
N'es-tu donc pas l'immensité souffrante ?

La charité nous fait chercher tes maux,
La foi nous guide à travers les ténèbres.
On t'a rendu semblable aux animaux,
Moins leur candeur, et plein d'instincts funèbres.

L'orgueil t'a pris en ce quatre-vingt-neuf,
Nabuchodonosor, et te fait paître,
Âne obstiné, mouton buté, dur bœuf,
Broutant pouvoir, famille, soldat, prêtre !

Ô paysan cassé sur tes sillons,
Pâle ouvrier qu'esquinte la machine,
Membres sacrés de Jésus-Christ, allons,
Relevez-vous, honorez votre échine,

Portez l'amour qu'il faut à vos bras forts,
Vos pieds vaillants sont les plus beaux du monde,
Respectez-les, fuyez ces chemins tors,
Fermez l'oreille à ce conseil immonde,

Redevenez les Français d'autrefois,
Fils de l'Église, et dignes de vos pères !
Ô s'ils savaient ceux-ci sur vos pavois,
Leurs os sueraient de honte aux cimetières.

— Vous, nos tyrans minuscules d'un jour,
(L'énormité des actes rend les princes
Surtout de souche impure, et malgré cour
Et splendeur et le faste, encor plus minces),

Laissez le règne et rentrez dans le rang.
Aussi bien l'heure est proche où la tourmente
Vous va donner des loisirs, et tout blanc
L'avenir flotte avec sa Fleur charmante

Sur la Bastille absurde où vous teniez
La France aux fers d'un blasphème et d'un schisme,
Et la chronique en de cléments Téniers
Déjà vous peint allant au catéchisme.

XIII

Prince mort en soldat à cause de la France,
Âme certes élue,
Fier jeune homme si pur tombé plein d'espérance,
Je t'aime et te salue !

Ce monde est si mauvais, notre pauvre patrie
Va sous tant de ténèbres,
Vaisseau désemparé dont l'équipage crie
Avec des voix funèbres,

Ce siècle est un tel ciel tragique où les naufrages
Semblent écrits d'avance…
Ma jeunesse, élevée aux doctrines sauvages,
Détesta ton enfance,

Et plus tard, cœur pirate épris des seules côtes
Où la révolte naisse,
Mon âge d'homme, noir d'orages et de fautes,
Abhorrait ta jeunesse.

Maintenant j'aime Dieu dont l'amour et la foudre
M'ont fait une âme neuve,
Et maintenant que mon orgueil réduit en poudre,
Humble, accepte l'épreuve,

J'admire ton destin, j'adore, tout en larmes
Pour les pleurs de ta mère,
Dieu qui te fit mourir, beau prince, sous les armes,
Comme un héros d'Homère.

Et je dis, réservant d'ailleurs mon vœu suprême
Au lys de Louis Seize :
Napoléon qui fus digne du diadème,
Gloire à ta mort française !

Et priez bien pour nous, pour cette France ancienne,
Aujourd'hui vraiment « Sire »,
Dieu qui vous couronna, sur la terre païenne,
Bon chrétien, du martyre !

XIV

Vous reviendrez bientôt, les bras pleins de pardons
Selon votre coutume,
Ô Pères excellents qu'aujourd'hui nous perdons
Pour comble d'amertume.

Vous reviendrez, vieillards exquis, avec l'honneur,
Et sa règle chérie,
Et que de pleurs joyeux, et quels cris de bonheur
Dans toute la patrie !

Vous reviendrez, après ces glorieux exils,
Après des moissons d'âmes,
Après avoir prié pour ceux-ci, fussent-ils
Encore plus infâmes,

Après avoir couvert les îles et la mer
De votre ombre si douce
Et réjoui le ciel et consterné l'enfer,
Béni qui vous repousse,

Béni qui vous dépouille au cri de liberté,
Béni l'impie en armes,
Et l'enfant qu'il vous prend des bras, – et racheté
Nos crimes par vos larmes !

Proscrits des jours, vainqueurs des temps, non point adieu,
Vous êtes l'espérance.
A tantôt, Pères saints, qui nous vaudrez de Dieu
Le salut pour la France !

XV

On n'offense que Dieu qui seul pardonne.
Mais
On contriste son frère, on l'afflige, on le blesse,
On fait gronder sa haine ou pleurer sa faiblesse,
Et c'est un crime affreux qui va troubler la paix
Des simples, et donner au monde sa pâture,
Scandale, cœurs perdus, gros mots et rire épais,

Le plus souvent par un effet de la nature
Des choses, ce péché trouve son châtiment
Même ici-bas, féroce et long, communément.
Mais l'*Amour* tout-puissant donne à la créature
Le sens de son malheur, qui mène au repentir
Par une route lente et haute, mais très sûre.

Alors un grand désir, un seul, vient investir
Le pénitent, après les premières alarmes,
Et c'est d'humilier son front devant les larmes
De naguère, sans rien qui pourrait amortir
Le coup droit pour l'orgueil, et de rendre les armes
Comme un soldat vaincu, – triste, de bonne foi.

Ô ma sœur, qui m'avez puni, pardonnez-moi !

XVI

Écoutez la chanson bien douce
Qui ne pleure que pour vous plaire.
Elle est discrète, elle est légère :
Un frisson d'eau sur de la mousse !

La voix vous fut connue (et chère ?),
Mais à présent elle est voilée
Comme une veuve désolée
Pourtant comme elle encore fière,

Et dans les longs plis de son voile
Qui palpite aux brises d'automne,
Cache et montre au cœur qui s'étonne
La vérité comme une étoile.

Elle dit, la voix reconnue,
Que la bonté c'est notre vie,
Que de la haine et de l'envie
Rien ne reste, la mort venue.

Elle parle aussi de la gloire
D'être simple sans plus attendre,
Et de noces d'or et du tendre
Bonheur d'une paix sans victoire.

Accueillez la voix qui persiste
Dans son naïf épithalame.
Allez, rien n'est meilleur à l'âme
Que de faire une âme moins triste !

Elle est *en peine* et *de passage*,
L'âme qui souffre sans colère,
Et comme sa morale est claire !...
Écoutez la chanson bien sage.

XVII

Les chères mains qui furent miennes,
Toutes petites, toutes belles,
Après ces méprises mortelles
Et toutes ces choses païennes,

Après les rades et les grèves,
Et les pays et les provinces,
Royales mieux qu'au temps des princes,
Les chères mains m'ouvrent les rêves.

Mains en songe, mains sur mon âme,
Sais-je, moi, ce que vous daignâtes,
Parmi ces rumeurs scélérates,
Dire à cette âme qui se pâme ?

Ment-elle, ma vision chaste
D'affinité spirituelle,
De complicité maternelle,
D'affection étroite et vaste ?

Remords si chers, peine très bonne,
Rêves bénits, mains consacrées,
Ô ces mains, ces mains vénérées,
Faites le geste qui pardonne !

XVIII

Et j'ai revu l'enfant unique : il m'a semblé
Que s'ouvrait dans mon cœur la dernière blessure,
Celle dont la douleur plus exquise m'assure
D'une mort désirable en un jour consolé.

La bonne flèche aiguë et sa fraîcheur qui dure !
En ces instants choisis elles ont éveillé
Les rêves un peu lourds du scrupule ennuyé,
Et tout mon sang chrétien chanta la Chanson pure.

J'entends encor, je vois encor ! Loi du devoir
Si douce ! Enfin, je sais ce qu'est entendre et voir,
J'entends, je vois toujours ! Voix des bonnes pensées !

Innocence, avenir ! Sage et silencieux,
Que je vais vous aimer, vous un instant pressées,
Belles petites mains qui fermerez nos yeux !

XIX

Voix de l'Orgueil : un cri puissant comme d'un cor,
Des étoiles de sang sur des cuirasses d'or.
On trébuche à travers des chaleurs d'incendie...
Mais en somme la voix s'en va, comme d'un cor.

Voix de la Haine : cloche en mer, fausse, assourdie
De neige lente. Il fait si froid ! Lourde, affadie,
La vie a peur et court follement sur le quai
Loin de la cloche qui devient plus assourdie.

Voix de la Chair : un gros tapage fatigué.
Des gens ont bu. L'endroit fait semblant d'être gai.
Des yeux, des noms, et l'air plein de parfums atroces
Où vient mourir le gros tapage fatigué.

Voix d'Autrui : des lointains dans des brouillards. Des noces
Vont et viennent. Des tas d'embarras. Des négoces,
Et tout le cirque des civilisations
Au son trotte-menu du violon des noces.

Colères, soupirs noirs, regrets, tentations
Qu'il a fallu pourtant que nous entendissions
Pour l'assourdissement des silences honnêtes,
Colères, soupirs noirs, regrets, tentations,

Ah ! les Voix, mourez donc, mourantes que vous êtes,
Sentences, mots en vain, métaphores mal faites,
Toute la rhétorique en fuite des péchés,
Ah ! les Voix, mourez donc, mourantes que vous êtes !

Nous ne sommes plus ceux que vous auriez cherchés.
Mourez à nous, mourez aux humbles vœux cachés
Que nourrit la douceur de la Parole forte,
Car notre cœur n'est plus de ceux que vous cherchez !

Mourez parmi la voix que la prière emporte
Au ciel, dont elle seule ouvre et ferme la porte
Et dont elle tiendra les sceaux au dernier jour,
Mourez parmi la voix que la prière apporte,

Mourez parmi la voix terrible de l'Amour !

XX

L'ennemi se déguise en l'Ennui
Et me dit: « À quoi bon, pauvre dupe ? »
Moi je passe et me moque de lui.
L'ennemi se déguise en la Chair
Et me dit: « Bah, bah, vive une jupe ! »
Moi j'écarte le conseil amer.

L'ennemi se transforme en un Ange
De lumière et dit: « Qu'est ton effort
À côté des tributs de louange
Et de Foi dus au Père céleste ?
Ton Amour va-t-il jusqu'à la mort ? »
Je réponds: « L'Espérance me reste. »

Comme c'est le vieux logicien,
Il a fait bientôt de me réduire
À ne plus *vouloir* répliquer rien.
Mais sachant *qui c'est*, épouvanté
De ne plus sentir les mondes luire,
Je prierai pour de l'humilité.

XXI

Va ton chemin sans plus t'inquiéter !
La route est droite et tu n'as qu'à monter,
Portant d'ailleurs le seul trésor qui vaille,
Et l'arme unique au cas d'une bataille,
La pauvreté d'esprit et Dieu pour toi.

Surtout il faut garder toute espérance.
Qu'importe un peu de nuit et de souffrance ?
La route est bonne et la mort est au bout.
Oui, garde toute espérance surtout.
La mort là-bas te dresse un lit de joie.

Et fais-toi doux de toute la douceur.
La vie est laide, encore c'est ta sœur.
Simple, gravis la côte et même chante,
Pour écarter la prudence méchante
Dont la voix basse est pour tenter ta foi.

Simple comme un enfant, gravis la côte,
Humble comme un pécheur qui hait la faute,
Chante, et même sois gai, pour défier
L'ennui que l'ennemi peut t'envoyer
Afin que tu t'endormes sur la voie.

Ris du vieux piège et du vieux séducteur,
Puisque la Paix est là, sur la hauteur,

Qui luit parmi des fanfares de gloire.
Monte, ravi, dans la nuit blanche et noire.
Déjà l'Ange Gardien étend sur toi

Joyeusement des ailes de victoire.

XXII

Pourquoi triste, ô mon âme,
Triste jusqu'à la mort,
Quand l'effort te réclame,
Quand le suprême effort
Est là qui te réclame ?

Ah, tes mains que tu tords
Au lieu d'être à la tâche,
Tes lèvres que tu mords
Et leur silence lâche,
Et tes yeux qui sont morts !

N'as-tu pas l'espérance
De la fidélité,
Et, pour plus d'assurance
Dans la sécurité,
N'as-tu pas la souffrance ?

Mais chasse le sommeil
Et ce rêve qui pleure.
Grand jour et plein soleil !
Vois, il est plus que l'heure :
Le ciel bruit, vermeil,

Et la lumière crue
Découpant d'un trait noir
Toute chose apparue
Te montre le Devoir
Et sa forme bourrue.

Marche à lui vivement,
Tu verras disparaître
Tout aspect inclément
De sa manière d'être,
Avec l'éloignement.

C'est le dépositaire
Qui te garde un trésor
D'amour et de mystère,
Plus précieux que l'or,
Plus sûr que rien sur terre,

Les biens qu'on ne voit pas,
Toute joie inouïe,
Votre paix, saints combats,
L'extase épanouie
Et l'oubli d'ici-bas,

Et l'oubli d'ici-bas !

XXIII

Né l'enfant des grandes villes
Et des révoltes serviles,
J'ai là tout cherché, trouvé,
De tout appétit rêvé.
Mais, puisque rien n'en demeure,

J'ai dit un adieu léger
À tout ce qui peut changer,
Au plaisir, au bonheur même,
Et même à tout ce que j'aime
Hors de vous, mon doux Seigneur !

La Croix m'a pris sur ses ailes
Qui m'emporte aux meilleurs zèles,
Silence, expiation,
Et l'âpre vocation
Pour la vertu qui s'ignore.

Douce, chère Humilité,
Arrose ma charité,
Trempe-la de tes eaux vives.
Ô mon cœur, que tu ne vives
Qu'aux fins d'une bonne mort !

XXIV

L'âme antique était rude et vaine
Et ne voyait dans la douleur
Que l'acuité de la peine
Ou l'étonnement du malheur.

L'art, sa figure la plus claire,
Traduit ce double sentiment
Par deux grands types de la Mère
En proie au suprême tourment.

C'est la vieille reine de Troie :
Tous ses fils sont morts par le fer.
Alors ce deuil brutal aboie
Et glapit au bord de la mer.

Elle court le long du rivage,
Bavant vers le flot écumant,
Hirsute, criarde, sauvage,
La chienne littéralement !…

Et c'est Niobé qui s'effare
Et garde fixement des yeux
Sur les dalles de pierre rare
Ses enfants tués par les dieux.

Le souffle expire sur sa bouche,
Elle meurt dans un geste fou.
Ce n'est plus qu'un marbre farouche
Là transporté nul ne sait d'où !…

La douleur chrétienne est immense,
Elle, comme le cœur humain.
Elle souffre, puis elle pense,
Et calme poursuit son chemin.

Elle est debout sur le Calvaire
Pleine de larmes et sans cris.
C'est également une mère,
Mais quelle mère de quel fils !

Elle participe au Supplice
Qui sauve toute nation,
Attendrissant le sacrifice
Par sa vaste compassion.

Et comme tous sont les fils d'elle,
Sur le monde et sur sa langueur
Toute la charité ruisselle
Des sept blessures de son cœur.

Au jour qu'il faudra, pour la gloire
Des cieux enfin tout grands ouverts,
Ceux qui surent et purent croire,
Bons et doux, sauf au seul Pervers,

Ceux-là, vers la joie infinie
Sur la colline de Sion
Monteront d'une aile bénie
Aux plis de son assomption.

II

I

Ô mon Dieu, vous m'avez blessé d'amour
Et la blessure est encore vibrante,
Ô mon Dieu, vous m'avez blessé d'amour.

Ô mon Dieu, votre crainte m'a frappé
Et la brûlure est encor là qui tonne,
Ô mon Dieu, votre crainte m'a frappé.

Ô mon Dieu, j'ai connu que tout est vil
Et votre gloire en moi s'est installée,
Ô mon Dieu, j'ai connu que tout est vil.

Noyez mon âme aux flots de votre Vin,
Fondez ma vie au Pain de votre table,
Noyez mon âme aux flots de votre Vin.

Voici mon sang que je n'ai pas versé,
Voici ma chair indigne de souffrance,
Voici mon sang que je n'ai pas versé.

Voici mon front qui n'a pu que rougir,
Pour l'escabeau de vos pieds adorables,
Voici mon front qui n'a pu que rougir.

Voici mes mains qui n'ont pas travaillé,
Pour les charbons ardents et l'encens rare,
Voici mes mains qui n'ont pas travaillé.

Voici mon cœur qui n'a battu qu'en vain,
Pour palpiter aux ronces du Calvaire,
Voici mon cœur qui n'a battu qu'en vain.

Voici mes pieds, frivoles voyageurs,
Pour accourir au cri de votre grâce,
Voici mes pieds, frivoles voyageurs.

Voici ma voix, bruit maussade et menteur,
Pour les reproches de la Pénitence,
Voici ma voix, bruit maussade et menteur.

Voici mes yeux, luminaires d'erreur,
Pour être éteints aux pleurs de la prière,
Voici mes yeux, luminaires d'erreur.

Hélas, Vous, Dieu d'offrande et de pardon,
Quel est le puits de mon ingratitude,
Hélas, Vous, Dieu d'offrande et de pardon,

Dieu de terreur et Dieu de sainteté,
Hélas ! ce noir abîme de mon crime,
Dieu de terreur et Dieu de sainteté,

Vous, Dieu de paix, de joie et de bonheur,
Toutes mes peurs, toutes mes ignorances,
Vous, Dieu de paix, de joie et de bonheur,

Vous connaissez tout cela, tout cela,
Et que je suis plus pauvre que personne,
Vous connaissez tout cela, tout cela,

Mais ce que j'ai, mon Dieu, je vous le donne.

II

Je ne veux plus aimer que ma mère Marie.
Tous les autres amours sont de commandement.
Nécessaires qu'ils sont, ma mère seulement
Pourra les allumer aux cœurs qui l'ont chérie.

C'est pour Elle qu'il faut chérir mes ennemis,
C'est par Elle que j'ai voué ce sacrifice,
Et la douceur de cœur et le zèle au service,
Comme je la priais, Elle les a permis.

Et comme j'étais faible et bien méchant encore,
Aux mains lâches, les yeux éblouis des chemins,
Elle baissa mes yeux et me joignit les mains,
Et m'enseigna les mots par lesquels on adore.

C'est par Elle que j'ai voulu de ces chagrins,
C'est pour Elle que j'ai mon cœur dans les Cinq Plaies,
Et tous ces bons efforts vers les croix et les claies,
Comme je l'invoquais, Elle en ceignit mes reins.

Je ne veux plus penser qu'à ma mère Marie,
Siège de la sagesse et source des pardons,
Mère de France aussi, de qui nous attendons
Inébranlablement l'honneur de la patrie.

Marie Immaculée, amour essentiel,
Logique de la foi cordiale et vivace,
En vous aimant qu'est-il bon que je ne fasse,
En vous aimant du seul amour, Porte du ciel?

III

Vous êtes calme, vous voulez un vœu discret,
Des secrets à mi-voix dans l'ombre et le silence,
Le cœur qui se répand plutôt qu'il ne s'élance,
Et ces timides, moins transis qu'il ne paraît.

Vous accueillez d'un geste exquis telles pensées
Qui ne marchent qu'en ordre et font le moins de bruit.
Votre main, toujours prête à la chute du fruit,
Patiente avec l'arbre et s'abstient de poussées.

Et si l'immense amour de vos commandements
Embrasse et presse tous en sa sollicitude,
Vos conseils vont dicter aux meilleurs et l'étude
Et le travail des plus humbles recueillements.

Le pécheur, s'il prétend vous connaître et vous plaire,
Ô vous qui nous aimant si fort parliez si peu,
Doit et peut, à tout temps du jour comme en tout lieu,
Bien faire obscurément son devoir et se taire,

Se taire pour le monde, un pur sénat de fous,
Se taire sur autrui, des âmes précieuses,
Car nous taire vous plaît, même aux heures pieuses,
Même à la mort, sinon devant le prêtre et vous.

Donnez-leur le silence et l'amour du mystère,
Ô Dieu glorifieur du bien fait en secret,
À ces timides moins transis qu'il ne paraît,
Et l'horreur, et le pli des choses de la terre.

Donnez-leur, ô mon Dieu, la résignation,
Toute forte douceur, l'ordre et l'intelligence,
Afin qu'au jour suprême ils gagnent l'indulgence
De l'Agneau formidable en la neuve Sion,

Afin qu'ils puissent dire : « Au moins nous sûmes croire »
Et que l'Agneau terrible, ayant tout supputé,
Leur réponde : « Venez, vous avez mérité,
Pacifiques, ma paix, et douloureux, ma gloire. »

IV

1

Mon Dieu m'a dit : Mon fils, il faut m'aimer. Tu vois
Mon flanc percé, mon cœur qui rayonne et qui saigne,
Et mes pieds offensés que Madeleine baigne
De larmes, et mes bras douloureux sous le poids

De tes péchés, et mes mains ! Et tu vois la croix,
Tu vois les clous, le fiel, l'éponge, et tout t'enseigne
À n'aimer, en ce monde amer où la chair règne,
Que ma Chair et mon Sang, ma parole et ma voix.

Ne t'ai-je pas aimé jusqu'à la mort moi-même,
Ô mon frère en mon Père, ô mon fils en l'Esprit,
Et n'ai-je pas souffert, comme c'était écrit ?

N'ai-je pas sangloté ton angoisse suprême
Et n'ai-je pas sué la sueur de tes nuits,
Lamentable ami qui me cherches où je suis ?

2

J'ai répondu : « Seigneur, vous avez dit mon âme.
C'est vrai que je vous cherche et ne vous trouve pas.
Mais vous aimer ! Voyez comme je suis en bas,
Vous dont l'amour toujours monte comme la flamme.

Vous, la source de paix que toute soif réclame,
Hélas ! Voyez un peu tous mes tristes combats !
Oserai-je adorer la trace de vos pas,
Sur ces genoux saignants d'un rampement infâme ?

Et pourtant je vous cherche en longs tâtonnements,
Je voudrais que votre ombre au moins vêtît ma honte,
Mais vous n'avez pas d'ombre, vous dont l'amour monte,

Ô vous, fontaine calme, amère aux seuls amants
De leur damnation, ô vous toute lumière,
Sauf aux yeux dont un lourd baiser tient la paupière ! »

3

— Il faut m'aimer ! Je suis l'universel Baiser,
Je suis cette paupière et je suis cette lèvre
Dont tu parles, ô cher malade, et cette fièvre
Qui t'agite, c'est moi toujours ! Il faut oser

M'aimer ! Oui, mon amour monte sans biaiser
Jusqu'où ne grimpe pas ton pauvre amour de chèvre,
Et t'emportera, comme un aigle vole un lièvre,
Vers des serpolets qu'un ciel cher vient arroser !

Ô ma nuit claire ! ô tes yeux dans mon clair de lune !
Ô ce lit de lumière et d'eau parmi la brune !
Toute cette innocence et tout ce reposoir !

Aime-moi ! Ces deux mots sont mes verbes suprêmes,
Car étant ton Dieu tout-puissant, je peux vouloir,
Mais je ne veux d'abord que pouvoir que tu m'aimes.

4

— Seigneur, c'est trop ! Vraiment je n'ose. Aimer qui ? Vous ?
Oh ! non ! Je tremble et n'ose. Oh ! vous aimer, je n'ose,
Je ne veux pas ! Je suis indigne. Vous, la Rose
Immense des purs vents de l'Amour, ô Vous, tous

Les cœurs des saints, ô Vous qui fûtes le Jaloux
D'Israël, Vous, la chaste abeille qui se pose
Sur la seule fleur d'une innocence mi-close
Quoi, *moi, moi*, pouvoir *Vous* aimer ? Êtes-vous fous[1],

Père, Fils, Esprit ? Moi, ce pécheur-ci, ce lâche,
Ce superbe, qui fait le mal comme sa tâche
Et n'a dans tous ses sens, odorat, toucher, goût,

1. Saint Augustin.

Vue, ouïe, et dans tout son être – hélas ! dans tout
Son espoir et dans tout son remords, que l'extase
D'une caresse où le seul vieil Adam s'embrase ?

5

— Il faut m'aimer. Je suis ces Fous que tu nommais,
Je suis l'Adam nouveau qui mange le vieil homme,
Ta Rome, ton Paris, ta Sparte et ta Sodome,
Comme un pauvre rué parmi d'horribles mets.

Mon amour est le feu qui dévore à jamais
Toute chair insensée, et l'évapore comme
Un parfum, – et c'est le déluge qui consomme
En son flot tout mauvais germe que je semais,

Afin qu'un jour la Croix où je meurs fût dressée
Et que par un miracle effrayant de bonté
Je t'eusse un jour à moi, frémissant et dompté.

Aime. Sors de ta nuit. Aime. C'est ma pensée
De toute éternité, pauvre âme délaissée,
Que tu dusses m'aimer, moi seul qui suis resté !

6

— Seigneur, j'ai peur. Mon âme en moi tressaille toute.
Je vois, je sens qu'il faut vous aimer. Mais comment
Moi, ceci, me ferai-je, ô vous Dieu, votre amant,
Ô Justice que la vertu des bons redoute ?

Oui, comment ? Car voici que s'ébranle la voûte
Où mon cœur creusait son ensevelissement
Et que je sens fluer à moi le firmament,
Et je vous dis : de vous à moi quelle est la route ?

Tendez-moi votre main, que je puisse lever
Cette chair accroupie et cet esprit malade.
Mais recevoir jamais la céleste accolade,

Est-ce possible ? Un jour, pouvoir la retrouver
Dans votre sein, dans votre cœur qui fut le nôtre,
La place où reposa la tête de l'apôtre ?

7

— Certes, si tu le veux mériter, mon fils, oui,
Et voici. Laisse aller l'ignorance indécise
De ton cœur vers les bras ouverts de mon Église
Comme la guêpe vole au lis épanoui.

Approche-toi de mon oreille. Épanches-y
L'humiliation d'une brave franchise.
Dis-moi tout sans un mot d'orgueil ou de reprise,
Et m'offre le bouquet d'un repentir choisi.

Puis franchement et simplement viens à ma table
Et je t'y bénirai d'un repas délectable
Auquel l'ange n'aura lui-même qu'assisté,

Et tu boiras le vin de la vigne immuable
Dont la force, dont la douceur, dont la bonté
Feront germer ton sang à l'immortalité.

Puis, va ! Garde une foi modeste en ce mystère
D'amour par quoi je suis ta chair et ta raison,
Et surtout reviens très souvent dans ma maison,
Pour y participer au Vin qui désaltère,

Au Pain sans qui la vie est une trahison,
Pour y prier mon Père et supplier ma Mère
Qu'il te soit accordé, dans l'exil de la terre,
D'être l'agneau sans cris qui donne sa toison,

D'être l'enfant vêtu de lin et d'innocence,
D'oublier ton pauvre amour-propre et ton essence,
Enfin, de devenir un peu semblable à moi

Qui fus, durant les jours d'Hérode et de Pilate
Et de Judas et de Pierre, pareil à toi
Pour souffrir et mourir d'une mort scélérate !

Et pour récompenser ton zèle en ces devoirs
Si doux qu'ils sont encor d'ineffables délices,
Je te ferai goûter sur terre mes prémices,
La paix du cœur, l'amour d'être pauvre, et mes soirs

Mystiques, quand l'esprit s'ouvre aux calmes espoirs
Et croit boire, suivant ma promesse, au Calice
Éternel, et qu'au ciel pieux la lune glisse,
Et que sonnent les angélus roses et noirs,

En attendant l'assomption dans ma lumière,
L'éveil sans fin dans ma charité coutumière,
La musique de mes louanges à jamais,

Et l'extase perpétuelle et la science,
Et d'être en moi parmi l'aimable irradiance
De tes souffrances, enfin miennes, que j'aimais !

8

— Ah ! Seigneur, qu'ai-je ? Hélas ! me voici tout en larmes
D'une joie extraordinaire : votre voix
Me fait comme du bien et du mal à la fois,
Et le mal et le bien, tout a les mêmes charmes.

Je ris, je pleure, et c'est comme un appel aux armes
D'un clairon pour des champs de bataille où je vois
Des anges bleus et blancs portés sur des pavois,
Et ce clairon m'enlève en de fières alarmes.

J'ai l'extase et j'ai la terreur d'être choisi.
Je suis indigne, mais je sais votre clémence.
Ah ! quel effort, mais quelle ardeur ! Et me voici

Plein d'une humble prière, encor qu'un trouble immense
Brouille l'espoir que votre voix me révéla,
Et j'aspire en tremblant.

9

– Pauvre âme, c'est cela !

III

I

Désormais le Sage, puni
Pour avoir trop aimé les choses,
Rendu prudent à l'infini,
Mais franc de scrupules moroses,

Et d'ailleurs retournant au Dieu
Qui fit les yeux et la lumière,
L'honneur, la gloire, et tout le peu
Qu'a son âme de candeur fière,

Le Sage peut, dorénavant,
Assister aux scènes du monde,
Et suivre la chanson du vent,
Et contempler la mer profonde.

Il ira, calme, et passera
Dans la férocité des villes,
Comme un mondain à l'Opéra
Qui sort blasé des danses viles.

Même, – et pour tenir abaissé
L'orgueil, qui fit son âme veuve,
Il remontera le passé,
Ce passé, comme un mauvais fleuve !

Il reverra l'herbe des bords,
Il entendra le flot qui pleure
Sur le bonheur mort et les torts
De cette date et de cette heure !...

Il aimera les cieux, les champs,
La bonté, l'ordre et l'harmonie,
Et sera doux, même aux méchants,
Afin que leur mort soit bénie.

Délicat et non exclusif,
Il sera du jour où nous sommes :
Son cœur, plutôt contemplatif,
Pourtant saura l'œuvre des hommes :

Mais revenu des passions,
Un peu méfiant des « usages »,
À vos civilisations
Préférera les paysages.

II

Du fond du grabat
As-tu vu l'étoile
Que l'hiver dévoile ?
Comme ton cœur bat,
Comme cette idée,
Regret ou désir,
Ravage à plaisir
Ta tête obsédée,
Pauvre tête en feu,
Pauvre cœur sans dieu !

L'ortie et l'herbette
Au bas du rempart
D'où l'appel frais part
D'une aigre trompette,
Le vent du coteau,
La Meuse, la goutte
Qu'on boit sur la route
À chaque écriteau,
Les sèves qu'on hume,
Les pipes qu'on fume !

Un rêve de froid :
« Que c'est beau la neige
Et tout son cortège
Dans leur cadre étroit !
Oh ! tes blancs arcanes,
Nouvelle Archangel,
Mirage éternel
De mes caravanes !
Oh ! ton chaste ciel,
Nouvelle Archangel ! »

Cette ville sombre !
Tout est crainte ici…
Le ciel est transi
D'éclairer tant d'ombre.
Les pas que tu fais
Parmi ces bruyères
Lèvent des poussières
Au souffle mauvais…
Voyageur si triste,
Tu suis quelle piste ?

C'est l'ivresse à mort,
C'est la noire orgie,
C'est l'amer effort
De ton énergie
Vers l'oubli dolent
De la voix intime,
C'est le seuil du crime,
C'est l'essor sanglant.
— Oh ! fuis la chimère !
Ta mère, ta mère !

Quelle est cette voix
Qui ment et qui flatte ?
« Ah ! ta tête plate,
Vipère des bois ! »
Pardon et mystère.
Laisse ça dormir.
Qui peut, sans frémir,
Juger sur la terre ?
« Ah, pourtant, pourtant,
Ce monstre impudent ! »

La mer ! Puisse-t-elle
Laver ta rancœur,
La mer au grand cœur,
Ton aïeule, celle
Qui chante en berçant
Ton angoisse atroce,

La mer, doux colosse
Au sein innocent,
Grondeuse infinie
De ton ironie !

Tu vis sans savoir !
Tu verses ton âme,
Ton lait et ta flamme
Dans quel désespoir ?
Ton sang qui s'amasse
En une fleur d'or
N'est pas prêt encor
À la dédicace.
Attends quelque peu,
Ceci n'est que jeu.

Cette frénésie
T'initie au but.
D'ailleurs, le salut
Viendra d'un Messie
Dont tu ne sens plus
Depuis bien des lieues
Les effluves bleues
Sous tes bras perclus,
Naufragé d'un rêve
Qui n'a pas de grève !

Vis en attendant
L'heure toute proche.
Ne sois pas prudent.
Trêve à tout reproche.
Fais ce que tu veux.
Une main te guide
À travers le vide
Affreux de tes vœux.
Un peu de courage,
C'est le bon orage.

Voici le Malheur
Dans sa plénitude.
Mais à sa main rude
Quelle belle fleur !
« La brûlante épine ! »
Un lis est moins blanc,
« Elle m'entre au flanc. »
Et l'odeur divine !
« Elle m'entre au cœur. »
Le parfum vainqueur !

« Pourtant je regrette,
Pourtant je me meurs,
Pourtant ces deux cœurs... »
Lève un peu la tête :
« Eh bien, c'est la Croix. »
Lève un peu ton âme
De ce monde infâme.
« Est-ce que je crois ? »
Qu'en sais-tu ? La Bête
Ignore sa tête,

La Chair et le Sang
Méconnaissent l'Acte.
« Mais j'ai fait un pacte
Qui va m'enlaçant
À la faute noire,
Je me dois à mon
Tenace démon :
Je ne veux point croire.
Je n'ai pas besoin
De rêver si loin !

« Aussi bien j'écoute
Des sons d'autrefois.
Vipère des bois,
Encor sur ma route ?
Cette fois tu mords. »
Laisse cette bête.

Que fait au poète ?
Que sont des cœurs morts ?

Ah ! plutôt oublie
Ta propre folie.
Ah ! plutôt, surtout,
Douceur, patience,
Mi-voix et nuance,
Et paix jusqu'au bout !
Aussi bon que sage,
Simple autant que bon,
Soumets ta raison
Au plus pauvre adage,
Naïf et discret,
Heureux en secret !

Ah ! surtout, terrasse
Ton orgueil cruel,
Implore la grâce
D'être un pur Abel,
Finis l'odyssée
Dans le repentir
D'un humble martyr,
D'une humble pensée.
Regarde au-dessus…
« Est-ce vous, JÉSUS ? »

III

L'espoir luit comme un brin de paille dans l'étable.
Que crains-tu de la guêpe ivre de son vol fou ?
Vois, le soleil toujours poudroie à quelque trou.
Que ne t'endormais-tu, le coude sur la table ?

Pauvre âme pâle, au moins cette eau du puits glacé,
Bois-la. Puis dors après. Allons, tu vois, je reste,
Et je dorloterai les rêves de ta sieste,
Et tu chantonneras comme un enfant bercé.

Midi sonne. De grâce, éloignez-vous, madame.
Il dort. C'est étonnant comme les pas de femme
Résonnent au cerveau des pauvres malheureux.

Midi sonne. J'ai fait arroser dans la chambre.
Va, dors ! L'espoir luit comme un caillou dans un creux.
Ah ! quand refleuriront les roses de septembre !

IV

Gaspard Hauser chante :

Je suis venu, calme orphelin,
Riche de mes seuls yeux tranquilles,
Vers les hommes des grandes villes :
Ils ne m'ont pas trouvé malin.

À vingt ans un trouble nouveau
Sous le nom d'amoureuses flammes
M'a fait trouver belles les femmes :
Elles ne m'ont pas trouvé beau.

Bien que sans patrie et sans roi
Et très brave ne l'étant guère,
J'ai voulu mourir à la guerre :
La mort n'a pas voulu de moi.

Suis-je né trop tôt ou trop tard ?
Qu'est-ce que je fais en ce monde ?
Ô vous tous, ma peine est profonde :
Priez pour le pauvre Gaspard !

V

Un grand sommeil noir
Tombe sur ma vie :
Dormez, tout espoir,
Dormez, toute envie !

Je ne vois plus rien,
Je perds la mémoire
Du mal et du bien…
Ô la triste histoire !

Je suis un berceau
Qu'une main balance
Au creux d'un caveau :
Silence, silence !

VI

Le ciel est, par-dessus le toit,
Si bleu, si calme !
Un arbre, par-dessus le toit,
Berce sa palme.

La cloche, dans le ciel qu'on voit,
Doucement tinte.
Un oiseau sur l'arbre qu'on voit
Chante sa plainte.

Mon Dieu, mon Dieu, la vie est là
Simple et tranquille.
Cette paisible rumeur-là
Vient de la ville.

Qu'as-tu fait, ô toi que voilà
Pleurant sans cesse,
Dis, qu'as-tu fait, toi que voilà,
De ta jeunesse ?

VII

Je ne sais pourquoi
Mon esprit amer
D'une aile inquiète et folle vole sur la mer.
Tout ce qui m'est cher,
D'une aile d'effroi
Mon amour le couve au ras des flots. Pourquoi ? Pourquoi ?

Mouette à l'essor mélancolique,
Elle suit la vague, ma pensée,
À tous les vents du ciel balancée
Et biaisant quand la marée oblique,
Mouette à l'essor mélancolique.

Ivre de soleil
Et de liberté,
Un instinct la guide à travers cette immensité.
La brise d'été
Sur le flot vermeil
Doucement la porte en un tiède demi-sommeil.

Parfois si tristement elle crie
Qu'elle alarme au lointain le pilote,
Puis au gré du vent se livre et flotte
Et plonge, et l'aile toute meurtrie
Revole, et puis si tristement crie !

Je ne sais pourquoi
Mon esprit amer
D'une aile inquiète et folle vole sur la mer.
Tout ce qui m'est cher,
D'une aile d'effroi,
Mon amour le couve au ras des flots. Pourquoi ? Pourquoi ?

VIII

Parfums, couleurs, systèmes, lois !
Les mots ont peur comme des poules.
La chair sanglote sur la croix.

Pied, c'est du rêve que tu foules,
Et partout ricane la voix,
La voix tentatrice des foules.

Cieux bruns où nagent nos desseins,
Fleurs qui n'êtes pas le calice,
Vin et ton geste qui se glisse,
Femme et l'œillade de tes seins,

Nuit câline aux frais traversins,
Qu'est-ce que c'est que ce délice,
Qu'est-ce que c'est que ce supplice,
Nous les damnés et vous les Saints ?

IX

Le son du cor s'afflige vers les bois
D'une douleur on veut croire orpheline
Qui vient mourir au bas de la colline
Parmi la bise errant en courts abois.

L'âme du loup pleure dans cette voix
Qui monte avec le soleil qui décline
D'une agonie on veut croire câline
Et qui ravit et qui navre à la fois.

Pour faire mieux cette plaine assoupie
La neige tombe à longs traits de charpie
À travers le couchant sanguinolent,

Et l'air a l'air d'être un soupir d'automne,
Tant il fait doux par ce soir monotone
Où se dorlote un paysage lent.

X

La tristesse, la langueur du corps humain
M'attendrissent, me fléchissent, m'apitoient.
Ah ! surtout quand des sommeils noirs le foudroient,
Quand des draps zèbrent la peau, foulent la main !

Et que mièvre dans la fièvre du demain,
Tiède encor du bain de sueur qui décroît,
Comme un oiseau qui grelotte sur un toit !
Et les pieds, toujours douloureux du chemin,

Et le sein marqué d'un double coup de poing,
Et la bouche, une blessure rouge encor,
Et la chair frémissante, frêle décor,

Et les yeux, les pauvres yeux si beaux où point
La douleur de voir encore du fini !...
Triste corps ! Combien faible et combien puni !

XI

La bise se rue à travers
Les buissons tout noirs et tout verts,
Glaçant la neige éparpillée
Dans la campagne ensoleillée.
L'odeur est aigre près des bois,
L'horizon chante avec des voix,
Les coqs des clochers des villages
Luisent crûment sur les nuages.
C'est délicieux de marcher
À travers ce brouillard léger
Qu'un vent taquin parfois retrousse.
Ah ! fi de mon vieux feu qui tousse !
J'ai des fourmis plein les talons.
Debout, mon âme, vite, allons !
C'est le printemps sévère encore,
Mais qui par instants s'édulcore
D'un souffle tiède juste assez
Pour mieux sentir les froids passés
Et penser au Dieu de clémence…
Va, mon âme, à l'espoir immense !

XII

Vous voilà, vous voilà, pauvres bonnes pensées !
L'espoir qu'il faut, regret des grâces dépensées,
Douceur de cœur avec sévérité d'esprit,
Et cette vigilance, et le calme prescrit,
Et toutes ! –Mais encor lentes, bien éveillées,
Bien d'aplomb, mais encor timides, débrouillées
À peine du lourd rêve et de la tiède nuit.
C'est à qui de vous va plus gauche, l'une suit
L'autre, et toutes ont peur du vaste clair de lune.
« Telles, quand des brebis sortent d'un clos. C'est une,
Puis deux, puis trois. Le reste est là, les yeux baissés,
La tête à terre, et l'air des plus embarrassés,
Faisant ce que fait leur chef de file : il s'arrête,
Elles s'arrêtent tour à tour, posant leur tête
Sur son dos, simplement et sans savoir pourquoi[1]. »
Votre pasteur, ô mes brebis, ce n'est pas moi,
C'est un meilleur, un bien meilleur, qui sait les causes,
Lui qui vous tint longtemps et si longtemps là closes,
Mais qui vous délivra de sa main au temps vrai.
Suivez-le. Sa houlette est bonne.
                                                  Et je serai,
Sous sa voix toujours douce à votre ennui qui bêle,
Je serai, moi, par vos chemins, son chien fidèle.

1. Dante, *le Purgatoire*.

XIII

L'échelonnement des haies
Moutonne à l'infini, mer
Claire dans le brouillard clair
Qui sent bon les jeunes baies.

Des arbres et des moulins
Sont légers sur le vert tendre
Où vient s'ébattre et s'étendre
L'agilité des poulains.

Dans ce vague d'un Dimanche
Voici se jouer aussi
De grandes brebis aussi
Douces que leur laine blanche.

Tout à l'heure déferlait
L'onde, roulée en volutes,
De cloches comme des flûtes
Dans le ciel comme du lait.

XIV

L'immensité de l'humanité,
Le Temps passé vivace et bon père,
Une entreprise à jamais prospère :
Quelle puissante et calme cité !

Il semble ici qu'on vit dans l'histoire.
Tout est plus fort que l'homme d'un jour.
De lourds rideaux d'atmosphère noire
Font richement la nuit alentour.

Ô civilisés que civilise
L'Ordre obéi, le Respect sacré !
Ô dans ce champ si bien préparé
Cette moisson de la Seule Église !

XV

La mer est plus belle
Que les cathédrales,
Nourrice fidèle,
Berceuse de râles,
La mer sur qui prie
La Vierge Marie !

Elle a tous les dons
Terribles et doux.
J'entends ses pardons
Gronder ses courroux.
Cette immensité
N'a rien d'entêté.

Oh ! si patiente,
Même quand méchante !
Un souffle ami hante
La vague, et nous chante :
« Vous sans espérance,
Mourez sans souffrance ! »

Et puis sous les cieux
Qui s'y rient plus clairs,
Elle a des airs bleus,
Roses, gris et verts...
Plus belle que tous,
Meilleure que nous !

XVI

La « grande ville ». Un tas criard de pierres blanches
Où rage le soleil comme en pays conquis.
Tous les vices ont leur tanière, les exquis
Et les hideux, dans ce désert de pierres blanches.

Des odeurs ! Des bruits vains ! Où que vague le cœur,
Toujours ce poudroiement vertigineux de sable,
Toujours ce remuement de la chose coupable
Dans cette solitude où s'écœure le cœur !

De près, de loin, le Sage aura sa thébaïde
Parmi le fade ennui qui monte de ceci,
D'autant plus âpre et plus sanctifiante aussi
Que deux parts de son âme y pleurent, dans ce vide !

XVII

Tournez, tournez, bons chevaux de bois,
Tournez cent tours, tournez mille tours,
Tournez souvent et tournez toujours,
Tournez, tournez au son des hautbois.

L'enfant tout rouge et la mère blanche,
Le gars en noir et la fille en rose,
L'une à la chose et l'autre à la pose,
Chacun se paie un sou de dimanche.

Tournez, tournez, chevaux de leur cœur,
Tandis qu'autour de tous vos tournois
Clignote l'œil du filou sournois,
Tournez au son du piston vainqueur !

C'est étonnant comme ça vous soûle
D'aller ainsi dans ce cirque bête :
Bien dans le ventre et mal dans la tête,
Du mal en masse et du bien en foule.

Tournez au son de l'accordéon,
Du violon, du trombone fous,
Chevaux plus doux que des moutons, doux
Comme un peuple en révolution.

Le vent, fouettant la tente, les verres,
Les zincs et le drapeau tricolore,
Et les jupons, et que sais-je encore ?
Fait un fracas de cinq cents tonnerres.

Tournez, dadas, sans qu'il soit besoin
D'user jamais de nuls éperons
Pour commander à vos galops ronds :
Tournez, tournez, sans espoir de foin.

Et dépêchez, chevaux de leur âme :
Déjà voici que sonne à la soupe
La nuit qui tombe et chasse la troupe
De gais buveurs que leur soif affame.

Tournez, tournez ! Le ciel est en velours
D'astres en or se vêt lentement.
L'église tinte un glas tristement.
Tournez au son joyeux des tambours !

XVIII

Toutes les amours de la terre
Laissent au cœur du délétère
Et de l'affreusement amer,
Fraternelles et conjugales,
Paternelles et filiales,
Civiques et nationales,
Les charnelles, les idéales,
Toutes ont la guêpe et le ver.

La mort prend ton père et ta mère,
Ton frère trahira son frère,
Ta femme flaire un autre époux,
Ton enfant, on te l'aliène,
Ton peuple, il se pille ou s'enchaîne
Et l'étranger y pond sa haine,
Ta chair s'irrite et tourne obscène,
Ton âme flue en rêves fous.

Mais, dit Jésus, aime, n'importe !
Puis de toute illusion morte
Fais un cortège, forme un chœur,
Va devant, tel aux champs le pâtre,
Tel le coryphée au théâtre,
Tel le vrai prêtre ou l'idolâtre,
Tels les grands-parents près de l'âtre,
Oui, que devant aille ton cœur !

Et que toutes ces voix dolentes
S'élèvent rapides ou lentes,
Aigres ou douces, composant
À la gloire de Ma souffrance,
Instrument de ta délivrance,

Condiment de ton espérance
Et mets de ta propre navrance,
L'hymne qui te sied à présent!

XIX

[Sainte Thérèse veut que la Pauvreté soit
La reine d'ici-bas, et littéralement !
Elle dit peu de mots de ce gouvernement,
Et ne s'arrête point aux détails de surcroît ;

Mais le Point, à son sens, celui qu'il faut qu'on voie
Et croie, est ceci dont elle la complimente :
Le libre arbitre pèse, arguë et parlemente,
Puis le pauvre-de-cœur décide et suit sa voie.

Qui l'en empêchera ? De vœux il n'en a plus
Que celui d'être un jour au nombre des élus,
Tout-puissant serviteur, tout-puissant souverain,

Prodigue et dédaigneux, sur tous, des choses eues,
Mais accumulateur des seules choses sues :
De quel si fier sujet, et libre, quelle reine !]

XX

Parisien, mon frère à jamais étonné,
Montons sur la colline où le soleil est né
Si glorieux qu'il fait comprendre l'idolâtre,
Sous cette perspective inconnue au théâtre,
D'arbres au vent et de poussière d'ombre et d'or.
Montons. Il fait si frais encor, montons encor.
Là ! nous voilà placés comme dans une « loge
De face » ; et le décor vraiment tire un éloge,
La cathédrale énorme et le beffroi sans fin,
Ces toits de tuile sous ces verdures, le vain
Appareil des remparts pompeux et grands quand même,
Ces clochers, cette tour, ces autres, sur l'or blême
Des nuages à l'ouest réverbérant l'or dur
De derrière *chez nous*, tous ces lourds joyaux sur
Ces ouates, n'est-ce pas, l'écrin vaut le voyage,
Et c'est ce qu'on peut dire un brin de paysage ?
— Mais descendons, si ce n'est pas trop abuser
De vos pieds las, à fin seule de reposer
Vos yeux qui n'ont jamais rien vu que de Montmartre,
— « Campagne » vert de plaie et ville blanc de dartre.
(Et les sombres parfums qui grimpent de Pantin !)
— Donc, par ce lent sentier de rosée et de thym,
Cheminons par la ville au long de la rivière,
Sous les frais peupliers, dans la fine lumière.
L'une des portes ouvre une rue, entrons-y.
Aussi bien, c'est le point qu'il faut, l'endroit choisi :
Si blanches, les maisons anciennes, si bien faites,
Point hautes, çà et là des branches sur leurs faîtes,
Si doux et sinueux le cours de ces maisons,
Comme un ruisseau parmi de vagues frondaisons,
Profilant la lumière et l'ombre en broderies
Au lieu du long ennui de vos haussmanneries,
Et si gentil l'accent qui confine au patois

De ces passants naïfs avec leurs yeux matois !...
Des places ivres d'air et de cris d'hirondelles,
Où l'histoire proteste en formules fidèles
À la crête des toits comme au fer des balcons :
Des portes ne tournant qu'à regret sur leurs gonds,
Jalouses de garder l'honneur et la famille...
Ici tout vit et meurt calme, rien ne fourmille.
Le « Théâtre » *fait four*, et ce dieu des brouillons,
Le « Journal » n'en est plus à compter ses *bouillons*.
L'amour même prétend conserver ses noblesses
Et le vice *se gobe* en de rares drôlesses.
Enfin rien de Paris, mon frère, « dans nos murs »,
Que les modes... d'hier, et que les fruits bien mûrs
De ce fameux Progrès que vous mangez en herbe.
Du reste on vit à l'aise. Une chère superbe,
La raison raisonnable et l'esprit des aïeux,
Beaucoup de sain travail, quelques loisirs joyeux,
Et ce besoin d'avoir peur de la grande route !...
Avouez, la province est bonne, somme toute,
Et vous regrettez moins que tantôt la « splendeur »
Du vieux monstre, et son pouls fébrile, et cette odeur !

XXI

C'est la fête du blé, c'est la fête du pain
Aux chers lieux d'autrefois revus après ces choses !
Tout bruit, la nature et l'homme, dans un bain
De lumière si blanc que les ombres sont roses.

L'or des pailles s'effondre au vol siffleur des faux
Dont l'éclair plonge, et va luire, et se réverbère.
La plaine, tout au loin couverte de travaux,
Change de face à chaque instant, gaie et sévère.

Tout halète, tout n'est qu'effort et mouvement
Sous le soleil, tranquille auteur des moissons mûres,
Et qui travaille encore imperturbablement
À gonfler, à sucrer là-bas les grappes sures.

Travaille, vieux soleil, pour le pain et le vin,
Nourris l'homme du lait de la terre, et lui donne
L'honnête verre où rit un peu d'oubli divin.
Moissonneurs, vendangeurs là-bas ! votre heure est bonne !

Car sur la fleur des pains et sur la fleur des vins,
Fruit de la force humaine en tous lieux répartie,
Dieu moissonne, et vendange, et dispose à ses fins
La Chair et le Sang pour le calice et l'hostie !

Achevé d'imprimer en Italie par Grafica Veneta
en février 2014
Dépôt légal février 2014
EAN 9782290058749
OTP L21ELLN000512N001

—

Ce texte est composé en Lemonde journal et en Akkurat

—

Conception des principes de mise en page :
mecano, Laurent Batard

—

Composition : PCA

—

ÉDITIONS J'AI LU
87, quai Panhard-et-Levassor, 75013 Paris
Diffusion France et étranger : Flammarion

Librio
187